〔萬曆〕顺天府志

卷之四　上

順天府志卷之四

順天府府尹沈應文、府丞譚希思訂正
治中楊應尾、通判吴有豸、譚好善、
陳三畏、推官凌雲鵬、知縣崔謙光同閲
教授李茂春、訓導陸楨、管大武、高好問分閲
大興縣丞張元芳彙編

政事志

夫王者之制禄設官，職分各有攸司掌，故所當等殺庶官之列。爲政以人，故書名宦而激勸存，考歷官而章癉具。國之大事，在祀與戎。故飭武備以戒不虞，核典禮以防淫祀。志政事。

歷官

先儒有云：仕不論崇卑，貴宜其職。夫官者範也，所以範民也。德之不淑而不軌於範，使後之人指其名而數之曰：是以德綏我者，是以威暴我者，是嘗突梯脂韋者，是嘗皦皦名高者，是嘗乾没而不顧，是嘗貪饕而不恤者。嘻，可懼哉！故君子不爲沾沾之惠而流赫赫之聲，不務目前之恩而存既去之慕，則善矣。

順天府尹丞題名記

京師，古設內吏。漢改置京兆尹，服銀章青綬，佩水蒼玉。其地居轂下，憑城社者類横恣扼法，加之五方胡貊凑集，緣爲奸市難格。風靡所及，爲萬國取則。故唐宋以來，選遣皆人望，尹或以親王爲之。小事專決，大事則禀奏受成旨者，刑部、御史臺，無輒駁异。蓋肅清京師，鎮撫畿甸，必隆重其任有若此。

我聖祖定鼎金陵，稽古設應天府，置尹、丞等官司輦轄。至我文皇，龍飛北京，卜遷都，改北平布政司爲順天府。於永樂六年，先置尹、丞等官如應天。以後遂爲都輦重職，延今百有五十三年。典守定於聖謨者赫然且在。而年久法弛，事變叢生，一切徵派和買之類，干沸中禁，〔注一〕出於繩限，部臺往往以勢下諉。而一二養望自全者，凛不敢詰，積爲民蠹。間有挺節廷諍，以肅清慎撫爲己任，〔注二〕則云生事沾名，九原可作，安得起國初名京兆與之論職守也哉？確山受齋劉公總尹務，鈞陽潁谷馬公以丞副之，慨然有概於中，思法前修，表京師。因閱牌刻多訛逸，復搜輯增次。具其姓名籍貫及歷官大略，鎸之於石，請記於余。〔注三〕余惟

〔注一〕干沸中禁「沸」，雷禮《國朝列卿記》卷之一百三十九《順天府尹丞序》作「拂」。

〔注二〕以肅清慎撫爲己任 雷禮《國朝列卿紀》卷之一百三十九《順天府尹丞序》作「以肅清鎮撫爲己任者」。

〔注三〕請記於余 原本訛「余」爲「餘」，據文意改。下同。

古之圖容貌，表室廬，記官氏，使善者知思而慕之，因以久其善，惡者知指而嗤之，因以久其惡，凡以示懲勸、策事功也。況自昔京兆行事得失，載之史籍，萬世可鏡，又不徒爲一時四方取則而已。唐人諺云：「前尹赫赫，具瞻允若。後尹熙熙，具瞻允若。」言數政寬嚴不同，其以治稱一也。又云：「前尹舉其綱而太簡，次尹綜其因而太密，後尹毀常法而取一時之聲。」言寬嚴失宜，均之爲世所譏。今二公坦易相符，政不務苛細，而繩檢截然。人方以「赫赫」、「熙熙」并譽，乃又即其所刻於

石者，時觀省焉。孰爲秉忠勵世，戢豪右於黎庶，如趙、張在漢，吴、許在唐，包、范、歐陽在宋，毅然思齊，如摳衣侍教於一堂，則彈壓所加，奸恣斂縮，而仁惠沾濡，民若更生，自足以重京輦，則四方矣。達之畿輔，相與歌頌曰：前有某公，後有二公，固不待睹石刻知名，而聲稱不朽，將與古名京兆并傳。彼愒時巧宦如仲方、黎幹之脂媚，尹丞不輯如行餘、捿楚之相訕，不無其人，而重以爲戒，獨非成事之師也哉！

愧予前尹順天，不足爲後人景法，而附記於

此，亦竊與載夕之榮云。

嘉靖三十九年歲次庚申秋八月吉日

賜同進士出身資善大夫工部尚書

前都察院右都御史豐城雷禮書

府尹

張貫 直隸靈璧人。由大學生，永樂六年任。

郭仕道 江西萬安人。由進士，永樂十一年任。

陳諤 廣東番禺人。由鄉舉，永樂十六年任。

甄儀 陝西麟游人。由鄉舉，永樂十九年任，升兵部左侍郎。

王驥 直隸東鹿人。由進士，洪熙元年任，歷兵部尚書，封靖遠伯，謚忠毅。

李庸 直隸完縣人。由國子生，宣德二年任，升工部左侍郎。

姜濤 山西沂州人。由鄉舉，正統元年任，升户部左侍。

王賢 山東寧陽人。由舉人，正統十年任，歷九年考滿，進階正二品。

王福 山西清源人。由進士，天順六年任。

張諫 應天府句容縣人。由進士，天順六年任。

閻鐸 陝西興平人。由進士，成化二年任。

李裕 江西豐城人。由進士，成化七年任，歷吏部尚書。

邢簡 陝西咸陽人。由進士，成化九年任，歷户部右侍郎。

黄傑 河南侑川人。由進士，弘治四年任。歷户部右侍郎。

張玉 直隸吴橋人。由進士，弘治八年任，升巡撫遼東右副都御史。

張憲江西德興人。由進士，弘治十年任，歷南京禮、工二部尚書。

韓重山西絳州人。由進士，弘治十四年任，歷南京工部尚書。

藺琦山東德平人。由進士，弘治十六年任。

林泮福建閩縣人。由進士，弘治十八年任，歷南京户部尚書。

俞俊浙江麗水人。由進士，弘治十九年任，歷南京工部尚書。

吕獻浙江新昌人。由進士，正德二年任，升南京兵部右侍郎。

李瀚山西汾水人。由進士，正德二年任，歷南京户部尚書，贈太子少保。

沈鋭浙江仁和人。由進士，正德二年任，歷南京刑部右侍郎。

胡富直隸績溪人。由進士，正德二年任，歷南京户部尚書，贈太子少保，謚康惠。

李浩山西曲沃人。由進士，正德二年任，歷禮部尚書掌通政司事，贈太子少保，謚莊簡。

王鼎福建侯官人。由進士，正德三年任，歷右都御史掌院事，贈工部尚書。

楊旦福建建安人。由進士，正德六年任，歷吏部尚書。

楊廉江西豐城人。由進士，正德七年任，歷南京禮部尚書，謚文恪。

李充嗣四川内江人。由進士，正德十年任，歷太子太保、南京兵部尚書，謚康和。

胡韶江西鄱陽人。由進士，正德十年任，升刑部右侍郎，贈刑部尚書，謚康簡。

童瑞四川捷爲人。由進士，正德十三年任，歷工部尚書。

徐蕃直隸泰州人。由進士，正德十六年任，升工部右侍郎。

張璉陝西耀州人。由進士，嘉靖二年任，升户部左侍郎。

王軏直隸江都人。由進士，嘉靖二年任，歷南京兵部尚書。

聞淵浙江鄞縣人。由進士，嘉靖三年任，歷太子太保、吏部尚書。

萬鏜　江西進賢人。由進士，嘉靖六年任，歷太子少保、吏部尚書。

陳祥　江西高安人。由進士，嘉靖六年任，升巡撫應天右副都御史。

黎奭　湖廣京山人。由進士，嘉靖七年任，歷兵部左侍郎。

王俊　浙江建德人。由進士，嘉靖十年任，升刑部右侍郎。

胡鐸　浙江餘姚人。由進士，嘉靖十二年任。

劉淑相　湖廣麻城人。由進士，嘉靖十三年任。

曹蘭　陝西咸寧人。由進士，嘉靖十五年任，升巡撫山東右副都御史。

邵錫　直隸安州人。由進士，嘉靖十二年任。

蔣淦　廣西全州人。由進士，嘉靖十八年任，升工部右侍郎。

劉杲　湖廣鍾祥人。由進士，嘉靖十九年任，升山西巡撫右副都御史。

楊銓　江西豐城人。由進士，嘉靖二十一年推，未任。

高擢　直隸濟州人。由進士，嘉靖二十一年任，升南京督儲右副都御史。

胡奎　江西峽江人。由進士，嘉靖二十五年任，升巡撫雲南右副都御史。

郭鋆　山西高平人。由進士，嘉靖二十九年任，歷工部左侍郎。

馬坤　直隸通州人。由進士，嘉靖三十年任，歷户部尚書。

盧紳　陝西咸寧人。由進士，嘉靖三十年任，歷南京户部尚書。

馮岳　浙江慈谿人。由進士，嘉靖三十年任，歷南京刑部尚書。

雷禮　江西豐城人。由進士，嘉靖三十二年任，歷工部尚書。

扈永通　山東曹縣人。由進士，嘉靖三十二年推，未任。

高擢　直隸清苑人。由進士，嘉靖三十三年任，歷户部尚書。

汪宗元 湖廣崇陽人。由進士，嘉靖三十五年任，升通政使。

黄懋官 福建甫田人。由進士，嘉靖三十五年任，升南京户部右侍郎。

劉養直 四川内江人。由進士，嘉靖三十六年任，升户部右侍郎。

劉大實 河南確山人。由進士，嘉靖三十七年任，升户部右侍郎。

萬寀 江西豐城人。由進士，嘉靖四十年任，升大理寺卿。

查秉彝 浙江海寧人。由進士，嘉靖四十年任。

吕時中 直隸清豐人。由進士，嘉靖四十年任，升户部右侍郎。

王國光 山西陽城人。由進士，嘉靖四十年任，升户部右侍郎。

魏尚純 河南鈞州人。由進士，嘉靖四十一年任，升巡撫保定右副都御史。

劉畿 直隸長洲人。由進士，嘉靖四十二年任，升浙江總督軍門右副都御史。

張玭 山西石州人。由進士，嘉靖四十三年任，升南京工部右侍郎。

徐綱 湖廣興國州人。由進士，嘉靖四十三年任，升工部右侍郎。

任士憑 山東平原人。由進士，嘉靖四十五年任，升南京工部右侍郎。

李敏 籍貫具下。由進士，嘉靖四十五年任。

陳紹儒 廣東南海人。由進士，隆慶元年任，升大理寺卿。

徐貢元 直隸太平府繁昌人。由進士，隆慶元年任，升南京大理寺卿。

曹三陽 直隸宜興人。由進士，隆慶二年任，升巡撫雲南右副都御史。

栗永禄 山東長治人。由進士，隆慶四年任，升巡撫河南右副都御史。

姚一元 浙江長興人。由進士，隆慶四年任。

郭朝賓 山東汶上人。由進士，隆慶五年任，升巡撫浙江右副都御史。

徐栻 直隸常熟人。由進士，隆慶五年推，未任。

曹金 河南祥符人。由進士，隆慶五年任，升刑部右侍郎。

孫一正 陝西渭南人。由進士，隆慶六年任。

施篤臣 直隸青陽人。由進士，萬曆元年任。

曹科 山西寧鄉人。由進士，萬曆二年推，未任。

曾同亨 江西吉水人。由進士，萬曆三年任。

王之垣 山東新城人。由進士，萬曆四年任，升巡撫湖廣右副都御史。

金立敬 浙江臨海人。由進士，萬曆六年任，升工部右侍郎。

施堯臣 直隸青陽人。由進士，萬曆七年任。

朱卿 山西長子人。由進士，萬曆九年推，未任。

張國彦 直隸邯鄲人。由進士，萬曆九年任，升巡撫鄖陽右副都御史。

臧惟一 山東諸城人。由進士，萬曆十一年任，升巡撫河南右副都御史。

徐元太 直隸宣城人。由進士，萬曆十一年任，升巡撫四川右副都御史。

沈思孝 浙江嘉興人。由進士，萬曆十三年任。

王用汲 福建晉江人。由進士，萬曆四年任，升南京操江右副都御史。

周繼 山東歷城人。由進士，萬曆十四年任，升太常寺卿。

石應岳 福建龍岩人。由進士，萬曆十六年任，升操江右副都御史。

朱孟震 江西新淦人。由進士，萬曆十八年任，升通政司通政。

王體復 山西太平人。由進士，萬曆十九年任，升貴州巡撫右副都御史。

謝杰 福建長樂人。由進士，萬曆二十年任，升南贛巡撫右副都御史。

〔注一〕自錢藻以下諸府尹，皆爲崇禎年增刻本所增補。

沈應文 浙江餘姚人。由進士，萬曆二十年任，升南京大理寺卿。

錢　藻 直隸如皋人。由進士，萬曆二十三年任。〔注一〕

田　疇 山西汶水人。由進士，萬曆二十三年任。

萬自約 山西太平人。由進士，萬曆二十六年任。

孫　瑋 陝西渭南人。由進士，萬曆二十九年任，升太常寺卿。

許弘綱 浙江東陽人。由進士，萬曆三十年任。

吴獻台 福建蒲田人。由進士，萬曆三十四年升，未任。

曲遷喬 山東長山人。由進士，萬曆三十五年任。

袁　奎 江西豐城人。由進士，萬曆四十年任，四十年十一月回籍。

王應麟 福建龍溪人。由進士，萬曆四十一年任，四十三年升巡撫應天右副都御史。

李長庚 湖廣麻城人。由進士，萬曆四十三年任，四十四年升巡撫山東右副都御史。

喬允升 河南孟津籍，洛陽人。由進士，萬曆四十四年任，四十五年回籍。

王舜鼎 浙江會稽人。由進士，萬曆四十六年任，八年升通政使。

陳大道 湖廣光化人。由進士，天啓元年四月任，升通政使。

沈光祚 浙江錢塘籍，山西襄陵人。由進士，天啓二年三月任。

沈　演 浙江烏程人。由進士，天啓三年升，未任。

董光宏 浙江鄞縣人。由進士，天啓三年十一月任。

秦聚奎 湖廣漢陽人。由進士，天啓五年二月任。

李春茂 山西陽城人。由進士，天啓六年十一月任。

劉澤深 河南扶溝人。由進士，崇禎元年正月任。

劉宗周 浙江會稽籍，山陰人。由進士，崇禎二年□月任。

傅淑訓 湖廣孝感人。由進士，崇禎三年十月任。

劉榮嗣 北直曲周人。由進士，崇禎五年二月任。

莊欽鄰 福建晉江人。由進士，崇禎五年十月任。

蔡奕琛 浙江湖州府德清人。由進士，崇禎六年九月任。

鍾炌 江西分宜人。由進士，崇禎七年十二月任。

李玄 陝西同州人。由進士，崇禎九年三月任。

府丞

甄儀 見府尹。永樂十年任。

余謙 湖廣宜都人。由恩生，天順年間任。

李庸祥 府尹。永樂十年任。

王鐸 四川岳池人。由進士，宣德十年任。〔注一〕

蔡錫 浙江勤陽人。〔注二〕由鄉舉，正統六年任，〔注三〕歷大理寺卿。

王弼 江西鄱陽人。由進士，正統十四年任。

國盛 山東淄川人。由進士，景泰三年任，升左通政。

王福祥 府尹。天順元年任。

王普 山東海豐人。由舉人，天順四年任。

盧祥 廣東東莞人。由進士，天順八年任，升巡撫延綏右僉都御史。

彭信 浙江仁和人。由進士，成化元年任，升應天府尹。

丁川 浙江新昌人。由進士，成化八年任，升巡撫延綏右僉都御史。

〔注一〕宣德十年任 原本脫「十」，雷禮《國朝列卿紀》卷一百四十載：王鐸，「宣德癸丑進士，十年以〔刑〕科都給事中降任，卒於官。」據補。

〔注二〕浙江勤陽人 雷禮《國朝列卿紀》卷一百四十載：蔡錫，浙江鄞縣人。

〔注三〕正統六年任 原本脫「六」，雷禮《國朝列卿紀》卷一百四十載：蔡錫「正統

徐　英　四川内江人。由進士，成化十四年任，升總漕右副都御史。

張　海　山東新城人。由進士，成化十六年任，歷兵部左侍郎。

黄　傑　見府尹。成化十九年任。

畢　亨　山東新城人。由進士，弘治五年任，歷工部尚書。

藺　琦　見府尹。弘治六年任。

黄　寶　湖廣長沙人。由進士，弘治十六年任，歷巡撫陝西右副都御史。

王　佐　山西和順人。由進士，弘治十七年任，歷南京户部尚書。

吕　獻　見府尹。弘治十八年任。

趙　璜　江西安福人。由進士，正德二年任，歷工部尚書，贈太子太保，謚莊靖。

胡汝礪　陝西寧夏衛人。由進士，正德二年任，[注一]歷兵部尚書。

沈冬魁　直隸阜城人。由進士，正德四年任，歷南京禮部尚書。

楊一渼　廣東南海人。由進士，正德六年任，歷南京大理寺卿。

王　珝　直隸永平衛人。由進士，正德七年任，歷兵部右侍郎。

張　潤　山西臨汾人。由進士，正德九年任，[注二]歷南京吏部尚書。

黄　鍾　直隸隆慶人。由進士，正德十三年任，歷巡撫山西右副都御史。

王堯封　直隸定興人。由進士，正德十四年任，歷南京兵部尚書。

張仲賢　山西陽曲人。由進士，嘉靖二年任，歷巡撫順天右僉都御史。

唐鳳儀　湖廣邵陽人。由進士，嘉靖六年任，升巡撫四川僉都御史。

張　嵩　四川成都人。由進士，嘉靖十年任，升巡撫順天右僉都御史。

羅　輅　應天上元人。由進士，嘉靖十二年任，升大理寺左少卿。

[注一]正德二年任　原本訛「二」爲「三」，雷禮《國朝列卿紀》卷一百四十《順天府丞行實》載：胡汝礪，「正德二年由大同府知府升任。」據改。

[注二]正德九年任　原本脱「正德」，雷禮《國朝列卿紀》卷一百四十《順天府丞年表》載：張潤，「正德九年由户科都給事中升任。」據補。

張　漢　湖廣鍾祥人。由進士，嘉靖十三年任，歷兵部左侍郎。

郭登庸　山西山陰人。由進士，嘉靖十四年任，巡撫宣府右僉都御史。

王　禎　陝西乾州人。由進士，嘉靖十五年任，升巡撫順天右僉都御史。

段　麒　直隸灤州人。由進士，嘉靖十五年任添注。

姜潤身　山東膠州人。由進士，嘉靖十七年任添注。

張　湘　山西石州人。由進士，嘉靖十八年添注，歷光禄寺卿。

尤　魯　直隸無錫人。由進士，嘉靖十九年任。

景　溱　山西蒲州人。由進士，嘉靖二十年任。

端廷赦　直隸當塗人。由進士，嘉靖十二年任，歷南京右都御史。

任　瀛　山東兗州衛人。由進士，嘉靖二十三年任，升巡撫鄖陽右僉都御史。

竇一桂　山西武鄉人。由進士，嘉靖二十八年任，升光禄寺卿。

王　紳　直隸滄州人。由進士，嘉靖三十年任，升總鹽右僉都御史。

葉　鏜　江西上饒人。由進士，嘉靖三十一年任，見南京大理寺卿。

李　敏　山西榆次人。由進士，嘉靖三十五年任。

馬斯臧　河南鈞州人。由進士，嘉靖三十九年任。

趙　鏜　浙江江山人。由進士，嘉靖四十年任，升都察院右僉都御史。

梁夢龍　直隸真定人。由進士，嘉靖四十一年任。

郭汝霖　江西永豐人。由進士，嘉靖四十二年任。升大理寺右少卿。

冀　鍊　山東益都人。由進士，嘉靖四十四年任。升巡撫河南右僉都御史。

李邦義　廣東連州人。由進士，嘉靖四十五年任，升南京鴻臚寺卿。

邢守廷 河南臨穎人。由進士，隆慶元年任，升太常寺少卿。

吴時來 浙江仙居人。由進士，隆慶元年任，升南京操江右僉都御史。

顧存仁 直隸太倉人。由進士，〔注一〕隆慶二年任。

何起鳴 四川内江人。由進士，隆慶二年任。

宋纁 河南商丘人。由進士，隆慶四年任，升巡撫保定右僉都御史。

路王道 山西屯留人。由進士，隆慶四年任。

傅希摯 直隸衡水人。由進士，隆慶五年任。升巡撫山東右僉都御史。

劉堯誨 湖廣臨武人。由進士，隆慶五年任，升巡撫福建右僉都御史。

李巳 河南磁州人。由進士，萬曆元年任，升大理寺少卿。

朱南雍 浙江山陰人。由進士，萬曆四年任，升右通政。

郭庭梧 河南新鄉人。由進士，萬曆六年任。

趙焕 山東掖縣人。由進士，萬曆八年任，升大理寺左少卿。

袁三接 廣東香山人。由進士，萬曆十年任，升太僕寺卿。

韓必顯 山東安丘人。由進士，萬曆十二年任，升左通政。

張文熙 廣西臨桂人。由進士，萬曆十四年任。

劉光國 河南上蔡人。由進士，萬曆十四年任。

宋仕 〔注二〕山東平原人。由進士，萬曆十五年任，升大理寺右少卿。

郭東 山西高平人。由進士，萬曆十六年任，升南京太僕寺卿。

孫旬 山東萊陽人。由進士，萬曆十六年任，大理寺左少卿。

李禎 陝西慶陽衛人。由進士，萬曆十七年任，〔注三〕升巡撫湖廣右僉都御史。

〔注一〕由進士　原本脱「進士」，雷禮《國朝列卿紀》卷一百四十載：「顧存仁，嘉靖壬辰進士，隆慶二年起南通政參議任。」《明清進士題名碑録》亦載：顧存仁，嘉靖十一年三甲第四十二名進士。據補。

〔注二〕「宋仕」，康熙《順天府志》卷六作「宋仁」。

〔注三〕萬曆十七年任　原本訛「七」爲「八」，雷禮《國朝列卿紀》卷一百四十載：「萬曆十七年十二月由尚寶卿任，十八年十二月升巡撫湖廣右僉都。」據改。

郭惟賢［注一］福建晋江人。由進士，萬曆十九年任，升湖廣巡撫右僉都御史。

魏允貞 大名府樂陵人。由進士，萬曆二十年任，升通政司右通政。［注二］

譚希思 湖廣茶陵人。由進士，萬曆二十年任，升四川巡撫右僉都御史。

徐申 直隸長洲人。由進士，萬曆二十二年任，升通政司左通政。［注三］

劉士忠 陝西華州人。由進士，萬曆二十三年任。

連標 河南禹州人。由進士，萬曆二十六年任。

喬璧星 直隸臨城人。由進士，萬曆二十七年任。

周盤 山西澤州人。由進士，萬曆三十年任。

崔邦亮 直隸東明人。由進士，萬曆三十二年任。

楊光訓 陝西渭南人。由進士，萬曆三十三年任。

李炳 河南盧氏人。由進士，萬曆三十四年任，三十五年升遼東巡撫。

黄吉士 直隸内黄人。由進士，萬曆三十七年任，三十九年回籍。

劉學曾 河南光山人。由進士，萬曆三十九年任，升大理寺左少卿。

喬允升 河南孟津籍，洛陽人。由進士，萬曆四十四年升府尹。

董可威 山東益都人。由進士，萬曆四十六年任。

周繼昌 直隸無錫人。由進士，未任。

王國禎 陝西咸寧人。由進士，天啓元年任。

劉蔚 河南盧氏人。由進士，泰昌元年任，覃恩進勛階贊治尹中議大夫。

畢懋康 直隸歙縣人。由進士，泰昌元年十月任，覃恩勛階贊治尹中議大夫。

邵輔忠 浙江定海人。由進士，天啓元年二月任。

［注一］「郭惟賢」，康熙《順天府志》卷六《政事歷官·府丞》作「郭維賢」。

［注二］通政司右通政 原本訛「司」爲「使」。《大明會典》卷二百十二《通政使司》載：「通政使司，正三品衙門，設通政使、左右通政、左右參議。」通政使司，簡稱通政司。據改。

［注三］自徐申以下諸府丞爲崇禎年增刻本所增補。

姚士慎浙江平湖籍，南直華人。由進士，天啓元年任。

郝名宦陝西延安府清澗人。由進士，天啓元年任，升右通政。

王惟儉河南祥符人。由進士，天啓二年□月任，三年七月升大理寺左少卿。

韓　范山西沁水人。由進士，天啓二年十一月任，升右通政。

吕純如南直吴江人。由進士，未任。

楊廷筠浙江仁和人。由進士，天啓四年四月任。

秦聚奎湖廣漢陽人。由進士，天啓五年□月任，升本府尹。

劉志選浙江慈谿人。由進士，天啓六年二月任。

莫在聲 廣西靈川人。由進士，崇禎元年四月任。

魏光緒山西武鄉人。由進士，崇禎二年四月任。

馬鳴世陝西武功人。由進士，崇禎三年二月任。

霍　鍈山西馬邑人。由進士，崇禎四年八月任。

張至發山東淄川人。由進士，崇禎五年□月任。

張學周四川内江人。由進士，崇禎六年七月任。

董羽宸南直上海人。由進士，崇禎七年六月任。

孫傳庭山西代州人。由進士，崇禎九年二月任。

仇維禎山東淄川人。由進士，崇禎九年六月任。

余　珹河南商丘人。由進士，崇禎九年九月任。

順天府寮佐題名記

始成祖文皇帝定鼎乎燕，改北平爲順天，置

尹、丞各一人，又佐以治中、通判、推官，其制視古京兆，蓋百四十餘年於今矣。奉揚天子威德，加惠元元，則尹、丞主之。至於協贊宣力，則自治中而下，咸有分職焉。嘉靖辛丑，其尹、丞始得題名樹碑，而治中諸佐猶闕焉未逮也，時灤州高君士元爲尹，蒲州景君濟之爲丞。既往酌新載樹之碑題諸寮佐名，以詔永久，且徵余言記之。

《禮》所謂「有其舉之，而莫可廢者」。〔注一〕夫君子之仕也，彼此异名，先後异時，四方异産，發迹异途。咸於題名稽之，捨是無稽矣。是故首姓氏，著其所稱也。次邑里，著其所産也。次□□□□，著其所由發迹也。次歲月，著其始服官政也。可謂備矣，是謂成政。夫實中其名之謂成。國有成政，士之所勸而教之所本也。乃二君爲是舉也，敦古以助化，考湮以發潛，萃賢以鳴盛，端軌以標趨。君子謂是舉也，孚名實矣。賈子曰：烈士徇名，後來繼今者，果徇名務實，如龐士元爲治中，程伯淳爲判，韓退之爲推，則雖欲自暗其名，猶煒然表著流傳也，矧曰樹之石以永厥譽乎？反是道者，人將指其名而譏之，其又何

〔注一〕有其舉之，而莫可廢者　《禮記·曲禮下》作：「有其舉之，莫敢廢也。」

逭焉？諸君勖哉！

刻始於四月望日，以本月念七日畢事。諸咸得書者，具載下方。後世如欲參伍名實，此可以觀矣。

嘉靖癸卯孟夏望日賜進士出身正議大夫資治尹禮部左侍郎
兼翰林院學士掌院署祭酒事前春坊太子庶子兼翰林院侍講
掌南院南京國子祭酒吏禮二部右侍郎兵部左侍郎
同修國史經筵講官鉛山費寀撰

順天府佐題名記

京兆佐，舊有名氏刻。歲久，題且偏，曹君買堅珉續題而刻之。刻成，屬記言於予。予謂曹君之謂此也，得非以俟後之君子，令有所考鏡，爲觀省資哉？前人之倫備矣，予復何言？無已，請得因其名而思其職，可乎？

國家設官，非取具員，取任職也。漢時京兆，得以法斬艾磔裂人。趙宋則以親王領開封，至貴倨也。今京兆之權，視昔何如哉？勿論已。自尹若丞而下，治中至傳通判三，一主軍匠，一主馬，一主錢穀，推官主刑。各部署所事，其秩比京朝官，其遷得郎署，躋大郡，其推擇非名實相應者不與，厥初顧不重哉？ 最後寢以陵夷，操空牘而守枯竹，見謂無所事事，馳乘六傳者，輪蹄遍於輦轂之下。 吏日飾厨傳，以奉過客，將迎無寧踵，曾得以杜後惠文彈治之乎？ 無矣。 尺籍半逋，占名冒糈，且勾且跳，什伍爲虛，曾得按符而次第攝補乎？ 無矣。 百工技藝，競高淫巧，刻文縷綉，窮極靡麗，曾得誅其奇衺而琢雕爲樸乎？ 無矣。 四方之馬，方貢入太僕時，皆騰糟選也，比給之良家子豢，不以芻牧，而以糟粕，骨峻峻立。 無何，率以瘁死。 曾得稽之肥臞而爲賞罰乎？ 無矣。

豪右侵漁，賦役偏頗。 富者享其土之毛，而貧者代之輸。 里正奴使細民，甚於民威。 錢穀之逋負，多在里正，而不在細民也。 曾得察其疾苦，均其勞逸，而爲之衡平乎？ 無矣。 都會之地，奸宄四出，獄訟繁興，司理莫從詰問。 一入司理門，兩造未具，爰書未成。 不走之司城，則走之比部，奪之治矣。 由斯以談佐京兆者，名耳。 職之不副，於名何有？ 此豈居是官者，絶無守法奉職之念，而徒持禄養交，循資待遷云爾哉？ 則權勢之輕重异也。

仁自量移來幾二稔所，無尺寸豎立，可以愉快勝任，惟是朔望，長揖於部使者前，歸而杜門兀坐，太倉粟已耳。其間賢者，固無以自表見。雖以予之不肖，亦得以自容。朝廷設官初意謂何？《詩》有之「良士瞿瞿」，「職思其居」。〔注一〕〔注二〕睹是刻也，其能無曠瘝之懼乎？懼而蹶然以思，朝夕圖所以報稱萬一；兢兢然三尺是守，毋使人以我爲吏隱，我亦毋以六月息自托也。庶幾哉，石可泐也，名不可磨也！區區名氏，剞劂在所後矣。

〔注一〕良士瞿瞿，職思其居《詩經·唐風·蟋蟀》作「無已大康，職思其居。好樂無荒，良士瞿瞿」。

萬曆十有三年春三月賜進士出身
承德郎順天府通判晋江張問仁撰

治中

李鼐 陝西秦州人。由舉人。
吳遠 直隸歙縣人，由進士。
于瑁
楊浩
楊承祖 河南人。由官生。
李旼 直隸任丘縣人。由舉人。
潘路 四川戎縣人。恩生。

徐　槩江西貴溪縣人。由恩生。

嚴世藩江西分宜縣人。由官生。

李天倫河南洛陽縣人。由舉人。

毛文炳浙江餘姚縣人。由舉人。

劉養仕四川内江縣人。由舉人。

畢　鸞陝西鳳翔人。由舉人。

陳德文江西泰和縣人。由舉人。

彭　宣湖廣茶陵人。由選貢。

王尚友陝西淳化縣人。由舉人。

從　宇湖廣承天衛人。由舉人。

李孝元山東濮州人錦衣衛籍。由官生。

周　璣江西餘干人。由舉人。

黄國奎江西盧陵人。由舉人。

郭　鋐山東平山衛人。由舉人。

潘静深〔注一〕青州普安衛籍，浙江嘉興府人。由舉人。

李　宋河南陳留縣人。由舉人。

彭汝成江西盧陵人。由舉人。

顧咸和直隸蘇州府昆山縣人。由官生。

張孟男河南開封府中牟縣人。由進士。

張德恭河南汝寧府光山縣人。由進士。

〔注一〕「潘静深」，《續四庫全書》光緒《順天府志》卷七十五《官師志四·順天府前代守土官表一》作「潘静」。

劉　巡河南開封府鄢縣人。由官生。

蔡迎思浙江台州府臨縣人。由官生。

顧嗣衍浙江嘉興府人。由官生。

許　倓河南靈寶縣人。由官生。

吴尚朴直隸長洲人。由官生。

張邦伊浙江鄞縣人。由官生。

傅希孟山西蒲州人。由舉人。

傅作霖湖廣沔陽衛官籍，河南息縣人。由官生。

郭履準浙江海鹽縣人。由官生。

肅怡韶湖廣江陵縣人。由官生。

郭治統山西高平縣人。由官生。

李茂德直隸興化府人。由官生。

張汝紀浙江嘉興縣人。由官生。

屠本畯浙江鄞縣人。由官生。

張指南直隸開州人。由舉人。

周尚禮江西沿山人。由舉人。

楊應尾萬曆五年任，由本府通判升。

□□鶚直隸長洲人。由官生，萬曆二十三年任。〔注二〕

□□□江西撫州府人。由官生。

□□□□□□□縣人。由官生。

〔注一〕自「□□鶚」以下諸治中皆爲崇禎增刻本所增補。

□□□ 陝西韓城人。由舉人，泰昌元年十二月任。

莊祖詔 四川成都籍，蒲田人。由舉人，天啓二年任。

劉繼芳 陝西涇陽縣人。由官生，天啓四年任。

潘舜曆 福建長樂人。由舉人，天啓六年一月任。

楊干國 山西太原人。由舉人，崇禎元年正月任。

通判

孫琢 山東青州人。由舉人。

郭經 山西廣年縣人。由舉人。

陳肅 直隸□□人。由舉人。

李霆 直隸汲縣人。由舉人。

張偉

黄伸

侶璞

洪瑛

韋沆

張通

陳翼 直隸崇寧縣人。由舉人。

王宗賢 山東沂州人。由官生。

張弁 山西代州人。由進士。

王瀛 陝西鄠縣人。由舉生。

杜萱

林昇福建建德縣人。由官生。

馮鰲

李朝宗

范澤

程淳

張木浙江鄞縣人。由舉人。

鄭淳直隸任丘縣人。由官生。

張潾直隸定興縣人。

崔子才直隸吴縣人。由官生。

黄完江西沿山縣人。由舉人。

白世卿陝西秦州人。由進士。

何相廣東新會縣人。由舉人。

張忠弼直隸宣城縣人。由舉人。

夏必賢

黎瞻

劉思信

毛文炳浙江餘姚縣人。由舉人。

唐汝承

范賢

周　賢 廣西□□人。由舉人。

李國紀 江西寧都縣人。由舉人。

張鳴謙 直隸上海縣人。由舉人。

陳德文 江西泰和縣人。由舉人。

林逢春 福建長樂縣人。由官生。

顧應陽 浙江□□人。由官生。

姜　南 浙江仁和縣人。由舉人。

張元藩 浙江山陰縣人。由官生。

辛　珊 陝西耀州人。由舉人。

劉　燭 江西吉水人。由舉人。

陳孟熙 浙江餘姚人。由官生。

寇　陟 山西榆次縣人。由舉人。

王　綬 直隸任丘縣人。由官生。

王　恒 河南人。由貢生。

李　華

馬逢乾 陝西綏德州人。由官生。

尹　玉 山西孝義縣人。由舉人。

張遜業 浙江永嘉縣人。由官生。

施　道 直隸東光縣人。由舉人。

趙以文 江西安福縣人。由舉人。

顧　逵浙江餘姚縣人。由舉人。

徐大經直隸興化縣人。由舉人。

潘　忠

丁　璋直隸山陽縣人。

陳時伸浙江鄞縣人。由舉人。

汪　珽浙江杭州府人。由官生。

張宗錦真定府冀州人。由恩貢。

王　淑江西新建縣人。由進士。

朱潤身

馬　會

王學古陝西西安府人。由進士。

仇　炅江西長治縣人。由進士。

趙　禮山東觀城縣人。

張治芳陝西西安府鄠縣人。由舉人。

陳　策山西翼城縣人。

傅　諴湖廣□□人。由官生。

張民範陝西鞏昌府人。由舉人。

王　祐直隸雄縣人。

徐一正湖廣荆州府人。由歲貢。

周　寵河南□□人。由舉人。

孫惟順　直隸合肥縣人。由官生。

及萬祺　直隸河間府人。由官生。

邢子嚴　陝西漢中府人。由舉人。

鮑　治　直隸無錫縣人。由舉人。

馬自勉　陝西同州人。由貢士。

王　峰　山西代州人。由官生任，升應天府治中。

胡宗洵　湖廣京山人。由舉人，萬曆五年任。

徐庭竹　江西上饒人。由舉人，萬曆六年任。

張平路　山西永寧州人。由官生，萬曆七年任。

唐鶴徵　直隸武進人。由進士。

周弘禴　湖廣麻城人。由進士。

馬魯卿　四川内江人。由進士。

曹　鑰　山東定陶人。由官生，萬曆十四年任，十五年升太僕寺寺丞。

張問仁　福建晉江人。由進士。

饒大英　直隸寧國人。由舉人，萬曆十六年任。

蔡　桂　直隸沛縣人。由舉人，萬曆十六年任。

湯　焕　浙江仁和人。由舉人，萬曆十七年任。

易道源　廣東南海人。由舉人萬曆十八年任，升南京户部主事。

許夢熊　直隸南陵人。由進士，萬曆十九年任，升户部主事。

周汝登　浙江剩縣人。由進士，萬曆十九年任，升南京兵部主事。

程光裕　浙江永康人。由官生，萬曆二十年任。

楊應尾　直隸容城人。由恩生，萬曆二十年任，二十一年升本府治中。

吳有豸　浙江山陰人。由恩生，萬曆二十一年任。

譚好善　直隸邳州人。由舉人，萬曆二十一年任。

陳三畏　四川資縣人。由舉人，萬曆二十一年任。

何　鯉　直隸武進人。由進士，萬曆二十二年任。〔注一〕

何天申　湖廣黄岡人。由舉人，萬曆二十五年任。

張九叙　陝西涇陽人。由舉人，萬曆二十五年任。

蕭時鳴　湖廣江夏人。由舉人，萬曆二十五年任。

湯師項　貴州新貴人。由舉人，萬曆二十六年四月任，升南京刑部主事。

吳　勳　浙江秀水人。由舉人，萬曆二十七年十一月任，三十年九月升南京刑部主事。

陳　緒　四川内江人。由舉人，萬曆二十七年任，致仕。

孫　延　山東掖縣人。由舉人，萬曆二十九年補任。

胡大年　陝西永昌衛人。由官生，萬曆二十年任，升太僕寺丞。

孫　許　山東朝城人。由選貢，萬曆三十一年任。

舒應鳳　廣西全州人。由舉人，萬曆三十二年任，升刑部主事。

□□□　江西安福人。由□□，萬曆三十四任，升本府治中。

□□□　由官生，萬曆〔注二〕。

□□□　籍福建龍岩人。由□□，萬曆三十五年任。

藥濟衆　山西和順人。由舉人，萬曆三十七年任，升昌平道副使。

〔注一〕自何鯉以下諸通判皆爲崇禎增刻本所增補。

〔注二〕「萬曆」下原稿有缺字。

張羽鳳　山東新城人。由舉人，萬曆三十七年任，升户部主事。
吴承烈　福建連江人。由官生，萬曆三十八年任。
詹廷　四十年補任，四十一年升南京刑部廣西司主事。
韓逢禧　直隸長洲人。由官生，萬曆四十一年任，四十三年升刑部主事。
葉世俊　廣東歸善人。由官生，萬曆四十一年任，升刑部主事。
張和　南直山陽人。由舉人，萬曆四十一年任，四十五年升刑部主事。
張維　山西永寧人。由官生，萬曆四十四年任，升南京工部主事。
曾紹芳　湖廣永興人。由丁未進士，萬曆四十四年任，四十五年升户部主事。
胡繼先　四川漢州人。由丁未進士，萬曆四十五年任，升南京户部主事。
洪聲遠　湖廣黄崗人。由舉人，萬曆四十六年任，升刑部主事。
周之夫　湖廣麻城人。由進士，萬曆四十六年任，升户部主事。
虞大復　直隸金壇人。由進士，萬曆四十七年十月任，升工部主事。
鄭之僑　山西文水人。由舉人，萬曆四十八年五月任，升工部主事。
魏豸　直隸南樂人。由官生，萬曆四十七年任，升南京前府經歷。
林欲棉　福建晋江人。由舉人，天啓元年任，三年升户部主事。
鄧允淳　江西南城人。由官生，天啓二年□月任，升南京工部主事。
杜應芳　山西沂州人。由舉人，天啓二年□月任，升兵部主事。
賈芳　山西蒲州人。由貢士，天啓三年任。
笪繼良　南直句容籍，丹徒人。由舉人，天啓三年七月任。
許其才　直隸稾城人。由舉人，天啓三年任。

來于廷 陝西高陵人。由舉人，天啓四年八月任。

于元燁 山東東阿人。由官生，天啓四年十月任。

蕭協中 山東泰安人。由官生，天啓五年二月任。

推官

杜業 福建晋江人。由舉人，萬曆七年任。

倪湯〔注一〕山東館陶人，由進士，萬曆九年任。

吴應選 陝西會寧人。由舉人，萬曆□□年任，升户部主事。

聞道立 貴州永寧衛人。由舉人，以户部主事言事謫，十四年任。

周復元 河南信陽人。萬曆十六年任。

袁應祺 直隸興化人。由進士，萬曆十八年任。

凌雲鵬 直隸休寧人。由舉人，萬曆十六年任，十九月補。

曠驥 江西盧陵人。由舉人，萬曆二十二年任。〔注二〕

郝道行 直隸江都人。由舉人，萬曆二十七年十月任，三十年二月升户部主事。

劉一鵬 江西南昌人。由舉人，萬曆三十年任。

張汝元 山東膠州人。由舉人，萬曆三十二年任。

劉一鵬 江西南昌人。由舉人，萬曆三十五年起服補任。

□□□ 江西新建人。由恩貢，萬曆三十六年任，升□□。

□□□ 福建福清人。由舉人，萬曆四十年，升刑部主事。

□□□ 福建長汀人。由舉人，萬曆四十四年任。

□□□ 山東壽光人。由舉人，萬曆四十八年五月任。

〔注一〕「倪湯」，康熙《順天府志》卷六《政事歷官·推官》作「倪湯湯」。

〔注二〕自「曠驥」以下諸推官皆爲崇禎增刻本所增補。

龔至道　山東滋陽人。由舉人，天啓二年五月任。

譚世講　湖廣沔陽人。由進士，天啓三年九月任，升户部主事。

王淑汴　陝西耀州人。由進士，天啓四年二月任。

楊應震　陝西華陰人。由舉人，天啓五年四月任。

孫延洞　山東萊陽人。進士，天啓六年一月任。

米世發　陝西蒲城人。由舉人，天啓八年十月任。

經歷

余茂　嘉靖三十五年六月任，升長沙府通判。

熊襄　三十九年二月任。

張千之　四十二年二月升湖廣斷事。

陳懋　四十五年二月任。

鄭澤　隆慶三年二月任，升肅府審理正。

陳詔　五年六月任。

卞葯　南直江都人。由監生，六年二月任。

徐玄成　南直吳縣人。由官生，六年八月任，升南京通政司經歷。

吳履謙　萬曆二年二月任。

徐應增　南直太倉州人。由監生，三年二月任，升禹州同知。

費懋稷　江西鉛山人。由監生，五年八月任。

顏持志　江西安福人。由監生，九年四月任，升唐府經歷。

張志道　蒲州人。由監生，十年八月任。

〔注一〕自「趙鳳華」以下諸經歷皆爲崇禎增刻本增補。

龍雲從 湖廣均州人。由歲貢，十二年十二月任，升山東兗州府通判。

周體信 錦衣衛人。由監生，十四年十二月任，升山東濟南府通判。

成汝礪 河南寧陵人。由監生，十八年二月任，升雲南晋寧州同知。

趙鳳華 浙江蘭谿人。由監生，二十二年二月任，二十六年二月升廣東廉州府通判。〔注一〕

王桷 浙江會稽人。由監生。

齊敬才 保定高陽人。由監生，二十八年六月任。

歐榮 四川鹽井衛人。由貢生，三十年六月任。

鄒鼎元 浙江錢塘縣人，嘉善籍。由例貢，萬曆三十三年四月升任。

閆廷揚 直隸大名人。由監生，三十六年五月任。

趙欽 陝西西安府咸陽縣人。由監生，三十八年三月任，升光禄寺署正。

楊師皋 浙江杭州府仁和縣人，由選貢，萬曆四十一年任，四十四年六月升廣東潮州府通判。

姚宗幹 南直池州府貴池人。由監生，萬曆四十四年七月任，升浙江杭州府衛□□□。

鄭本烈 南直徽州府歙縣人。由監生，萬曆四十七年三月任，天啓二年六月升浙江都司斷事。

王弘誥 山西蒲州人。由附監，天啓二年七月任，四年二月升江西南昌府通判。

朱長統 南直上海人，由監生，天啓四年七月任，六年升浙江杭州府通判。

朱銑 浙江餘姚人。由選貢，天啓六年十二月任。

姚元愷 浙江錢塘人。由官生，崇禎二年三月任，四年升福建布政司經歷。

高向光 陝西三原人。由貢生，崇禎四年十一月任，七年升山西按察司經歷。

張闓 山西蒲州人。由貢生，崇禎七年三月任。

喬堯典 山西襄陵縣人，南直山陽籍，由選貢，崇禎九年九月任。

知事

劉　謨　嘉靖三十六年十二月任，升壽州判官。

葉應奎　三十七年二月任。

侯　儒　四十二年二月任。

劉應良　隆慶元年二月任，升昌黎縣丞。

郝　珠　北直井陘人。由監生，萬曆四年四月任，升黃縣縣丞。

張尚儒　北直景州人。由監生，五年四月任。

陸應楨　南直昆山人。由儒士，五年十月任，升永定衛經歷。

曹嘉賓　八年六月任。

高雲峰　陝西葭州人。由吏員，十年八月任。

王全名　四川安居人。由監生，十五年二月任，升武寧縣丞。

許懋松　福建龍溪人。由監生，十八年四月任，升弋陽縣丞。

李士彬　南直高郵人。由監生，二十一年十一月任，三年考滿，復職，二十五年奏準致仕。[注一]

張宗朱　直隸保安州人。由歲貢。

周一騏　福建晉江人。由恩生，二十八年六月任，升刑部檢校。

賀一模　江西吉安府廬陵人。由監生，二十八年任。

佘師唐　直隸邯鄲縣人。由例貢，萬曆三十三年三月內升任。

賀世晏　光州人。由舉人，三十六年任，升寧鄉知縣。

狄　進　應天溧陽人。由監生，萬曆三十七年一月升任。

杜冠時　陝西安化人。由貢生，升宛平知縣。

[注一]自「李士彬」以下諸知事，皆爲崇禎增刻本增補。

鮑欽祈　直隸寧國人。由貢生。

曾紹芳　湖廣永興人。由丁未進士，升本府馬政通判，升兵部主事。

王金鉉　河南盧氏人。由監生，萬曆四十四年五月任，升光禄寺署丞。

黃省忠　南直吳縣人。由貢士，萬曆四十七年六月任，天啓二年二月升山東濮州判。

王　策　山東淄川人。由舉人，天啓二年□月任，三年升永平府推官。

譚世講　湖廣沔陽人。由進士，天啓三年五月任，九月升本府推官，升户部主事。

沈維堡　浙江仁和籍，南直金壇人。天啓三年九月任。

王淑汴　陝西耀州人，由進士，天啓三年十一月任，四年二月升本府推官。

章應瑩　浙江長興縣人，由進士，天啓五年三月任。

丁流芳　山西翼城人。由進士，天啓五年九月任，六年二月升本府通判。

馬斯祚　山西孝義人。由進士，天啓六年□月任。

夏懋學　廣東海陽人。由進士，天啓七年□月任，升本府推官。

陳國是　福建閩縣人。由舉人，崇禎元年六月任。

莊學曾　浙江鄞縣人。由舉人，崇禎二年二月任。

李　晋　浙江秀水人。由恩貢，四年十一月任。

許丹葵　浙江海鹽籍，平湖人。由貢生，崇禎六年十二月任。

照磨

趙邦教　山東益都人。由監生。

羅　棟　南直吳縣人。由監生。

劉文澗　湖廣人。由監生。

王朝宣 南直儀真人。由監生。

郎思齊 山西澤州人。由監生。

李枕 山西芮城人。由監生。

章桔 浙江昌化人。由監生。

竇如芝 直隸南和人。由舉人。

李德性 北直永年人。由舉人。

張九河 山西榆次人。由舉人，三十八年三月任，升大冶縣知縣。〔注一〕

高捷 河南許州人。由儒士，三十九年十二月任。

尹起聘 湖廣武陵人。由監生，四十一年四月任。

陳朝璋 江西臨川人。由選貢，四十二年正月任，致仕。

曹庶學 南直江陰人。由監生，四十三年任。

胡繼先 四川漢州人。由進士，四十四年任，四十五年升本府管糧通判。

周之夫 湖廣麻城人。由進士，四十九年任。

楊士謀 江西清江人。由選貢，天啓元年閏二月任。

陳祖苞 浙江海鹽籍，海寧人。由進士，天啓二年十一月任。

孫延洞 山東萊陽人。由進士，天啓五年八月任，升本府推官。

陳鍾衡 福建莆田人。由官生，天啓六年四月任。

王鼎新 山西臨晉人。由進士，天啓六年十二月任。

敖榮繼 貴州安化籍，江西新喻人。由進士，天啓七年□月任，崇禎元年四月進本府推官。

黃廷鵠 南直青浦籍，華亭人。由舉人，崇禎元年十二月任。

〔注一〕自「張九河」以下諸照磨皆爲崇禎增刻本所增補。

陸澄原 浙江平湖縣人。由進士，崇禎三年二月任。

金兆奎 浙江錢塘縣人。由廩監，崇禎四年八月任。

王承曾 河南夏邑人。由進士，崇禎九年十二月任。

檢校

阮時霖 浙江山陰縣人。由儒士。

張邦輔 陝西涇陽人。由儒士。

汪弘道 南直歙縣人。由儒士。

王學周 浙江山陰人。由儒士。

唐廷徵 浙江蘭谿人。由儒士。

余元鳳 江西德興人。由儒士。

張世烈 福建福寧縣籍，浙江餘姚人。由儒士。

鄭之旦 浙江山陰縣人。由儒士。

王紹祖 陝西咸寧人。由儒士，三十六年任，升聞喜縣縣丞。〔注一〕

王　晤 河南商城人。由儒士，三十八年任，升率班。

許以忠 南直南陵人。由貢生，升光祿寺監事，四十八年二月升本寺典簿。

陳可權 南直清河人。由儒士，四十四年任。

毛呈蔚 浙江杭州府仁和縣人。由儒士，於萬曆四十七年五月任。

何孔修 湖廣桂陽人。由貢士，天啓元年十月任，四年二月升益府工正。

李廷標 錦衣衛官籍，山東即墨縣人。由糧儒，天啓四年三月任。

劉　鎬 湖廣宜城人。由進士，天啓六年五月任。

〔注一〕自「王紹祖」以下諸檢校皆爲崇禎增刻本增補。

陳比心河南光山人。由進士，天啓六年十二月任。

何允中浙江仁和人。由進士，天啓七年□月任。

韓遇春

楊　樸山西陽城人。由舉人，崇禎元年十二月任，

黃可傳浙江蕭山縣人。由恩生，崇禎三年十一月任。

林鍾秀福建漳浦人。由舉人，崇禎八年任。

吴允彭浙江餘杭人。由恩貢，崇禎九年任。

儒學教授

高尚惠　　蕭復湯

楊萬言　　陳泰來

尹禮繼　　袁一驥

李杜才　　曾鳳儀

秦　國　　褚國賢

李士登　　陳九官

邢有忭　　李茂春

王　祺俱萬曆年間任。

訓導

孔承先　　張秉彝

汪　寅　　潘　璧

李以盛　　章天衢

周世用　張天眷

魏尚賢　李　勗

王秉中　劉光文

劉元卿　黃元潤

劉思誠　滕濟倫

夏惟勤　董獻可

黃如菊　楊時中

李　芳　馬　科

管大武　陸　楨

李　桂　高好問

李守直　張盡心

白　煖　艾　月俱萬曆年任。

本府所屬官員：

司獄司官一員，本府庫官一員，都稅司官一員，正陽門宣課司官一員，安定稅課司官一員，崇文門分司官一員，德勝門分司官一員，張家灣宣課司官一員，壩上倉官一員，壩上南倉官一員，壩上北倉官一員，北高倉官一員，滹石橋倉官一員，滹石橋南倉官一員，義河倉官一員，北草場倉官一員，黃土倉官一員，吳家駞牛房倉官一員，壩上北馬房倉官一員，壩上東馬倉官一員，鄭家莊馬房倉官一員，湖渠馬房倉官一員，湯山草場倉官一員，南石渠倉官一員，東直門裏外牛房倉官一員，金盞兒甸倉官一員，南石渠西倉官一員，安仁坊草場官一員，臺基廠草場官一員，北義草場官一員，明智坊草場官一員，批驗茶引所官一員，大興遞運所官一員，陰陽醫學二員。大、宛二縣設知縣一員，縣丞二員，主簿一員，典史一員。洪武中，定知縣秩七品，其佐領以漸而殺。宛、大亦與外同。永樂中，行在北平革去布政司，乃升宛平、大興爲京縣，列縣秩正六品，縣丞正七品，主簿正八品。惟典史秩仍視外。前朝名宦，無可考。惟我朝知縣及丞、簿以下，得備書焉。

大興縣題名記

按圖，大興，古冀州之域，燕地，尾、箕、析木之次。漢爲廣陽國，元魏立燕郡，隋、唐升望縣，遼改析津，金曰大興。我朝因之，成祖建都北平同。宛平附郭，稱赤縣，守令之選特重焉。二百年來，循良相望，題名之石，久未創立，非缺典歟？二川申侯初令真州，用清白端正之治，天子嘉其賢。移莅内縣，期而政成，謂是弗可已也，遂搜故牒，詢黄耇，得若干人，列其姓氏，以官歷次第之，使可考見。復虚其左，以俟後之令兹縣者。乃以記屬校。

嘗讀《循吏傳》，漢有天下四百年，吏以最稱者無幾，蓋令之難爲也。《易》之爻，「二與四同功，其善不同。二多譽，四多懼」。四之多懼，近君也。蓋令之近於君者，猶難爲也。大興理天子畿内俗參伍等。民聚四方，公私占籍，應酬紛錯，事多關臨，煩言易生。命令教戒未逾於堂階，是非毁譽具騰於朝野。其所難理，較之支縣，不啻什百。由今溯往，令非一矣。寧無思難圖易以賢稱者乎？寧無安厥位輕民事者乎？賢則斯民父母焉，去思焉，久而神明尸祝焉。後之人祇適作求焉，不知其人不可也。此題名之不可已也。雖然，名氏遷次末也，淑慝本也，旌别淆焉，奚貴於兹石哉？曰思其賢者，以忘其不賢者，小民戴令之心也。監其不賢者，以追配於賢者，令自待之心也。此《關雎》、《麟趾》之意，《周官》之法度也，我皇明之治體也，亦申儆勸石之志也。侯名嘉瑞，發解中州，政多卓异。爲縣之二年，當隆慶之四年孟夏望日立石。

賜進士第奉政大夫光禄寺少卿前南京湖廣道
監察禦史新安尹校書

知縣

淳于士　山東黄縣人。薦舉，洪武十九年任。

蘇敬民　直隸高陽人。舉人，正統三年任。

趙孜　河南汝陽人。舉人，嘉靖十年任，歷升刑部主事、湖廣辰州府知府。

林朝　陝西蘭州人。舉人，嘉靖十四年任。

景鑾　陝西岐山人。舉人，嘉靖十七年任。

王懷衮　河南商水人。舉人，嘉靖十八年任。

曹英　四川江津人。舉人，嘉靖二十一年任。升工部主事。

王世光　河南洛陽人。舉人，嘉靖三十五年任。

張曰可　河南河陰人。舉人，嘉靖二十八年任。

温尚武　山西岐縣人。舉人，未任。

崔尚禮　直隸安肅人。舉人，嘉靖三十年任。

劉如松　山東安丘人。舉人，嘉靖三十七年任。

吴哲　貴州永寧人。舉人，嘉靖三十八年任，升户部主事、兵部郎中、懷隆守備。

黄元吉　湖廣鄖西人。舉人，嘉靖四十一年任，升南京户部主事。

高世儒　四川内江人。舉人，嘉靖四十四年任，升户部主事。

申嘉瑞 河南葉縣人。舉人，隆慶二年任，升户部主事。

胡來縉 陝西秦州人。舉人，隆慶四年任，升户部主事。

王極 山西陽城人。萬曆二年任。

沈淇 直隸當塗縣人。舉人，萬曆三年任。

陳紀 四川門江縣人。舉人，萬曆八年任，升户部河南司主事。

王階 四川漢州人。舉人，萬曆十三年任。

王建中 江西上饒人。舉人，萬曆十六年任，升刑部浙江司主事，有傳。

崔謙光 直隸魏縣人。舉人，萬曆二十一年任。

馮運泰 雲南臨安衛人。舉人，萬曆二十四年任。〔注一〕

經世文 江西臨川人。由舉人，萬曆二十七年任。

葉士敦 山西聞喜人。由舉人，萬曆三十一年任。

張我繩 直隸邯鄲縣人，由舉人，萬曆三十四年任。

周道直 陝西臨潼人。舉人，萬曆三十七年任，升户部主事。

王橋 湖廣夷陵州人。舉人，萬曆三十九年任，升户部主事。

周三錫 直隸濬縣人。舉人，萬曆四十一年任，升刑部主事。

楊夢熊 山西聞喜縣人。舉人，萬曆四十六年任，升刑部主事。

李思敬 南直興化縣人。舉人，泰昌元年任，升刑部主事。

程道行 四川南充人。舉人，天啓二年任，升户部主事。

徐維藩 四川巴縣人。舉人，天啓三年任，升刑部主事。

馮福謙 四川南充人。舉人，天啓五年任，升户部主事。

〔注一〕自「馮運泰」以下諸知縣皆爲崇禎增刻本所增補。

饒可久 湖廣應城籍，江西金谿人。舉人，天啓七年任。

縣丞

李剛 河南安陽縣人。舉人，正統三年任。

張震 直隸慶都縣人。監生，景泰二年任。

孔鐸 直隸沙河縣人。監生，成化五年任。

張信 直隸冀州人。監生，成化十七年任。

王輔 浙江永嘉縣人。監生，成化二十年任。

楊錦 四川廣安人。監生，成化二十三年任。

周璘 山東曹縣人。貢士，弘治八年任。

尹彝 山東夏縣人。監生，弘治九年任。

王琳 山西興縣人。監生，弘治十八年任。

侯盛 陝西甘泉人。監生，正德六年任。

張勛 山東肥城人。監生，正德九年任。

黄綸 浙江新昌縣人。監生，嘉靖五年任。

靳智 直隸滑縣人。監生，嘉靖八年任。

李崐 河南沔池縣人。監生，嘉靖九年任，升山西潞安府通判。

侯璽 山東諸城人。監生，嘉靖十二年任，歷升光禄寺署正、揚州府通判。

包宏 山東冠縣人。監生，嘉靖十二年任。

吴達 陝西安定縣人。監生，嘉靖十六年任。

邵騰 直隸通州人。監生，嘉靖十八年任，山西沁州州司。

易廣禮 江西分宜縣人。監生，嘉靖十八年任，升福建安溪縣知縣。

李安國 直隸通州人。監生，嘉靖十九年任。

覃鑾 四川萬縣人。監生，嘉靖二十一年任。

王士伸 河南鄢城縣人。監生，嘉靖二十三年任，升山東華縣知縣。

朱希顏 直隸昆山縣人。監生，嘉靖二十四年任。

王仲玠 浙江寧海人。監生，嘉靖二十三年任，升山西汾西縣知縣。

郝楠 直隸深澤縣人。監生，嘉靖二十九年任。

王秉籌 直隸宣城縣人。監生，嘉靖三十年任。

楊翰 山西寧鄉縣人。貢士，嘉靖三十二年任，升陝西寧州州同。

王敕 直隸清河縣人。貢士，嘉靖三十三年任，升江西龍泉縣知縣。

胡嶠 浙江昌化縣人。監生，嘉靖三十五年任。

汪輔 湖廣蘄水縣人。貢士，嘉靖三十六年任。

程民彦 直隸歙縣人。監生，嘉靖三十八年任，升四川□州州同。

方大中 直隸宜興縣人。監生，嘉靖四十年任。

王璦 直隸元氏縣人。貢士，嘉靖四十五年任。

黃鈁 直隸蘇州籍，浙江嘉興縣人。監生，嘉靖四十五年任。

彭夢祥 山東費縣人。監生，隆慶元年任。

彭大亨 四川龍安府人。貢士，隆慶二年任。

堵倬 直隸宜興縣人。監生，隆慶三年任。

張才 四川中江縣人。歲貢，隆慶五年任，升雲南大理府通判。

劉守憲直隸安州人。歲貢，隆慶六年任。
劉穩湖廣邵陽縣人。監生，萬曆二年任。
李東巖四川茂州人。恩貢，萬曆四年任。
張治本萬全都司懷來衛人。選貢，萬曆六年任。
張瑷直隸新樂人。恩貢，萬曆九年任。
韓偉陝西涇陽縣人。監生，萬曆十二年任，升河間府通判。
王汝立字成甫，江西南昌府豐城縣人，直隸揚州府儀直縣籍。監生，萬曆十四年四月光祿寺監事升本丞，萬曆十五年十二月十一日升光祿寺署正。
黄天柱應天府溧水縣。選貢，萬曆十五年十二月任。
盧茂直隸德州左衛人。例貢，萬曆十六年以宛平主簿任，二十年升河南衛輝府通判。
張元芳福建閩縣人，由監生，萬曆十九年九月任。
王命賞江西盧陵縣人。由監生，萬曆二十年十月任。

主簿

崔永直隸鹽山縣人。監生，宣德五年任。
王琛山西大同縣人。貢士，天順元年任。
戴澄直隸金壇縣人。監生，天順七年任。
霍文通直隸祁州人。監生，正德三年任。
朱儼貴州新添衛人。監生，嘉靖十二年任。
張鴻直隸貴池縣人。監生，嘉靖十七年任，升光祿寺署正。
李世節山西振武衛人。監生，嘉靖十八年任，升陝西階州判官。
郭澤直隸高邑縣人。監生，嘉靖二十三年任，升山東恩縣知縣。

涂億江西新城縣人。監生，嘉靖二十七年任。

趙良弼山西山陰縣人。監生，嘉靖三十一年任。

歸仁直隸江寧縣人。監生，嘉靖三十五年任，升四川瀘州判官。

許瑶直隸定興縣人。貢士，嘉靖三十八年任。

李舉直隸盧龍衛人。貢士。

徐漢直隸溧水縣人。監生，嘉靖四十五年任。

及萬言直隸交河縣人。監生，隆慶二年任。

張鎬陝西汧陽縣人。歲貢，隆慶五年任。

孫鈳錦衣衛籍，浙江餘姚縣人。監生，萬曆二年任。

孫似祖浙江長興縣人。由選貢，萬曆四年任。

任可賢四川通江縣人。由選貢，萬曆七年任。

朱世賢山東臨清州籍，直隸江都縣人。由監生，萬曆十三年以光禄寺監事升任。升南京光禄寺大官署署丞。

徐守仁浙江金華府永康縣人，由吏員，萬曆十六年十二月以兵部會同館大使升任。

郭維禎福建漳浦縣人。由吏員，萬曆二十一年四月任。

典史

郭錡直隸博野縣人。貢士，正統年任。

朱得華浙江鄞縣人。吏員，景泰五年任。

吴興直隸任丘縣人。正統元年任。

董斌河南光山縣人。正統四年任。

鮑璡直隸睢寧縣人。正統十年任。

衡世寧山西夏縣人。吏員，嘉靖十五年任。

余　槐浙江慈谿縣人。吏員，嘉靖十八年任，升河南光山縣主簿。

虞　珍浙江龍游縣人。吏員，嘉靖二十五年任，升福建松溪縣主簿。

王　寧直隸宿遷縣人。

岑德容浙江餘姚縣人。吏員，嘉靖年任。

趙繼成浙江新城縣人。吏員，嘉靖四十年任。

張天壽山西蔚州人。吏員，隆慶三年任。

嚴宗直浙江餘姚縣人。吏員，隆慶六年四月任。

韋世懋廣西宣化縣人。吏員，萬曆三年三月任。

史中誠湖廣長沙縣人。吏員，萬曆五年十二月任。

張　楫江西南昌縣人。吏員，萬曆七年七月任。

何元俊江西貴溪縣人。吏員，考中，萬曆八年十二月任。

余　寵江西豐城縣人。吏員，萬曆十一年任。

傅爲鹽直隸大名縣人。承差，萬曆十二年任，升山東武城縣甲馬營巡檢。

張仕銘直隸涇縣人。吏員，萬曆十五年十一月任。

樊元相直隸蘇州府長洲縣人。由吏員，萬曆十六年十二月任。

彭國相江西贛縣籍，泰和縣人。由吏員，萬曆二十年四月任。

本縣所屬官員：慶豐閘閘官一員。本縣吏從驗封司撥外省兩考役滿者參充，共三十八名。

宛平縣題名記

［注一］「嘗觀班、范作兩《漢書》」，原本訛「兩」爲「南」，檢二十四史，班固撰《漢書》，范曄撰《後漢書》。據改。

晉定襄蘭溪薄公令宛平，越四年矣。爲人真確閑雅，不自膏潤，政尚敦厚，耻爲一切干譽罔功之事。鋤奸櫛蠹，不憚心力以亂民，民於於然日向於治矣。一旦，以宛平無題名記爲請。於戲，公之志足嘉也。一念之發自民彝，天理之正，而好惡之公，懲勸之機寓焉。嘗觀班、范作兩《漢書》，［注一］於西京牧，政先德教，而後刑法，述爲《循吏傳》，輝映竹帛，百世之下，鬱有生氣。張、杜刻薄之習，讀史者廢書唾地，不齒於士君子之列。其是非之公於人心爲不死者耳。儒者致身青雲，人綱人紀，孰不欲自獻，以成其治，而擅芳於後世耶？其臨利害，遇事變，怵於物而喪其守者，不爲不多。故先民謂鑑於前斯可以善於後，爲於今當有以附於古。此聖人教天下之微權也。

成祖文皇帝定鼎於幽燕，改北平爲順天府，宛平縣附焉。置令一人，丞三人，簿一人，典史一人，分曹授事，各理其職。今聖天子勵精於治，自輦轂而之天下，斯根本之地，尤德化之所先也。且士之挾策以趨功名之會，人品不同，趨向亦异。

苟善藝能者，振芳於詞苑；精治技者，矯翮於公本。較之冉、季、游、夏，業已區矣。我朝百九十年於今，其任宛平而治者，不知其幾人也。公政暇之餘，因歷考故牒，以稽其實；廣詢耆舊，以徵其人。乃得令若丞若簿史若干人，因次第其名氏、爵里、履歷、歲月而刻之，將使後之觀者曰：某也以賢擢，某也以不賢去。國家黜陟之典，明如日星。夫人善惡之應捷如影響，而勸懲之道在是矣，謂公愛助意非耶？嗚呼！宛平，王畿之邑也；京師，諸夏之表也。居師□之任者，果能鑒於善惡而興羨思焉，則所以樹立弘敷，功用焜奕，使聖皇之澤，由家國而下究四海，夫固不特甲乙古循吏而已。風行草上，至理弗誣，余言固非費龐也。謹記。

嘉靖二十八年秋九月既朔五日賜進士及第翰林院國史檢討徵仕郎會典纂修官晋泫邑郭鎜撰

右記石晋簿丞君始謀刻□。顧紀載歷遠，左虛將實，不可復續。乃相與籌□更新。時甲子春仲同事纘宗、鳳來、瓛、夢祥、燦及邦顯也。併書以俟。